# 弹窗诗行

孙亚波　著

南方出版社·海口

## 图书在版编目（CIP）数据

弹窗诗行 / 孙亚波著. —— 海口：南方出版社，
2023.9
ISBN 978-7-5501-8592-0

Ⅰ.①弹… Ⅱ.①孙… Ⅲ.①诗集 – 中国 – 当代
Ⅳ.①I227

中国国家版本馆CIP数据核字（2023）第178244号

# 弹窗诗行
**TANCHUANG SHIXING**

孙亚波 ｜ 著

责任编辑　杨　乐
装帧设计　皓　月
出版发行　南方出版社
邮政编码　570208
社　　址　海南省海口市和平大道 70 号
电　　话　（0898）66160822
传　　真　（0898）66160830
印　　刷　三河市嵩川印刷有限公司
开　　本　880mm×1230mm 1/32
印　　张　5
字　　数　80千字
版　　次　2023 年 09 月第 1 版
印　　次　2024 年 01 月第 1 次印刷
定　　价　50.00 元

# 目录

3

第一辑

隐秘的语言

## 远离，致兰波

当暮色笼罩的时候
我们都将返回村庄
远离这座痛苦的城市
傻瓜和国王的巴黎　梅毒患者的巴黎

法兰西的玩笑或恐惧
仍将持续　一分钟或几个月
当橱柜里的紫苜蓿
因悲痛而默默流血　有人赢得了爱情
迎娶蓝眼睛的新娘

而我将欣然死去，就像
午后潮湿的青雾中
一颗滴落的
元音

## 五行诗，给克鲁乔内赫

你带着打了补丁的夕阳
时而绝望，时而把自己隐藏
像个无辜的孩子，你把目光
投向草原和伴唱的夜莺
却无法用它们讨好红头发的波丽

# 瞬间，给安妮·卡森

再次想到一块石头的
命运，再次想到
同一具肉身
在语言的裂隙中
带着刀锋，倒退行走
赤裸的灵魂投去一瞥
像一滴血
从伤口释出了光

# 家园，给达尔维什

你见过失去羊群的牧羊女
在没有地址的家园和流放地
泥土里，或者火焰里
都留下记忆的碎片，和来自脏腑里的
盐与水，但你更为关心的
是月光下一对恋人的轻语
正如此时，在黑夜尽头的
巴勒斯坦，她离世界很远
其实也很近，仿佛
一朵撒马尔罕的玫瑰
你用吟唱浇灌她，那首
被遗忘的诗篇，写给忧伤的丽塔
也写给背负耻辱的疲惫的中年

# 时间，给卡柔·布拉乔

在时间的深渊中，也许
只有一处安宁的庭院
才能把父亲的目光
包裹在琥珀的温暖里

你听到死亡的回音
啜饮记忆燃烧的梦境
和它的孤寂，仿佛
流溢在沙上的星辰
终将在废墟中苏醒

仿佛你眼中从未熄灭的
火焰，那令人目眩的欢乐
终将被夜晚漫长的根须
带回到我们懵懂无知的
童年

# 拓荒人，致 W.H. 奥登

**1**

一个桂冠诗人，想到了
自己的死亡，就像远处的雷声
他在心里暗暗庆幸：现在
再不会受到任何人的打扰

**2**

他的世界
和荷马的世界
其实是同一个世界
他毕其一生，试图进入诸神之书
却像一位孤单的骑士
行走在喧嚣的人群中

**3**

这是音乐的典范
一条溪流从时光里倾泄而出
仿佛最早的拓荒人
突然在草地上奔跑起来

一头钻进了森林


4

他皱着眉，把句法和韵脚
埋藏在铅字的记忆中
除此以外
他不知道还有什么
是诗歌的敌人


5

逃跑的王什么都没有留下
除了满屋的书籍


虔诚的篡位者日夜翻阅
寻找他的藏身之处


6

像一棵桀骜不驯的树
将身体探出悬崖
仿佛仅仅为了证明
历经风霜雨雪，他的血液里
仍保留着愤怒

7

没有人能够在夏日的
阳光里，重现乡土记忆
在无数次纽约的晨霾里
他已获取神圣的嗅迹
人间，如此琐碎而沉闷
和他接受洗礼的那天
完美地类似


8

一种可能的倾向是
他创造了一个曾经存在的世界
那些一直被我们目睹
却从来未被命名的事物


9

仍需要一双警觉的
眼睛，作为冥想的起点
仍需要在爱情与美酒
同时降临怀抱时
用它赞美月光的神奇
与轻灵，人间的
诚实与友善

10

从此，他开始梦见
步履蹒跚的远行中
令人愧疚的吟诵
伴随在不期而遇的
阵阵猛烈的咳嗽里

# 行吟，给梅斯特雷

1

诗歌比我们想象中的乌托邦
更加坚韧，爱情结束时，我们的语言
和鸟禽仍将住在风的记忆里
破碎的意象比桀骜神灵的雨水
更加丰沛，也更加魅惑
你想撬开词语的声音，而文字的灰烬
却在夜晚的独奏里悄悄复燃

2

诗歌无法穿透沉睡者的铠甲
太多的幻象活在濒临死亡的词语里
却无法忍耐一个堕落者
为脱离苦难而虚构的美貌骗局

3

你写过太多，赞美诗里的
英雄，值得称颂的品德
总是与失败一起，存留至今

4

一页写满诗句的纸张
就像记载日子的台历
突然在夜深人静时
对正在康复的生活，发出
冷冷的命令

5

诗人被诗歌报复是难免的
就像一个歌手，正在进行
死亡的排演

## 春意，给叶莲娜·古罗

那澄澈的手摇风琴
还停留在傍晚清晰的
回忆里，但从此以后
你将不会记起
那一小块天空
和黝黑枝条的关联

此刻，我在明亮的清晨
读到三月沉醉的针叶树
为这突如其来的春意
忽然心生愧疚

# 瞬间，给米哈伊尔·库兹明

一个恰当的词汇

和一颗熟甜的樱桃

也许并无不同，你想告别的

这个城市，并未描绘于

剧院的书面布景中

你想打开内心的镣铐

正如拿撒勒的百合，早已

淹没于嘈杂的时间洪流

一切都是福音

一切也仅是短暂的瞬间

# 歌吟，给格奥尔吉·伊万诺夫

一场结了一层薄冰的
沉甸甸的歌吟，并未
在明媚的春风里消融
落日时分，宴会已近尾声
云霞缄默不语
在虚妄的光阴里，扫起
关于琐碎或永恒的话题
亲爱的伊·奥，那命中注定的温存
是多么令人魅惑

## 航道，给古米廖夫

你在一首激扬的诗歌里
写到岩壁间的船帆
不是为了掩饰湛蓝的理性
也不是为了守候海鸟嘶哑地
啼鸣，你选择航线的凶险
只因"桂冠总与荆棘相伴"
在与凄惨的命运狭路相逢时
所有的航道都将为你而开
这是宇宙给予的最高奖赏
那些你憎恨的，歌唱的，或者
要拷问的，不过是让自己
不再为苦痛而哀伤，为了一生
重返夜的静谧

# 叛逆，给马雅可夫斯基

在鲜花铺就的路上
你用喉咙的力量挥霍诗句
所谓哀告的圣歌，不过是
词语烧焦的骨架，所谓天空的
叛逆，也无非是在暗淡的月夜
"用眼睛的光芒撕咬黑夜"
一颗惶恐的星星
和一块黄色的伤疤
其实并无分别
当你把十四行诗钉进时间的
断木，那响亮的爆裂
像理性在嘶吼，更像你们
留给社会趣味的
一记耳光

# 旅途，给沃洛申

你真的理解花园的沉默了吗？
你的眼眸中藏着星雨和泪水
也藏着大海永恒的颤抖
藏着苍白的死亡之火
但我更希望，你像孩童一样的
目光里藏着明媚的清晨和朝霞
在幸福的国度，对天空
呈现太阳和薄荷的清香
此时，我在异国遥远的夜晚
翻开你神谕般的文字，如同走上
艰苦的漫长旅途，你想写出
波涛上空星辰的苦痛
却在恍惚中，写出了
月光下光影斑驳的世界

# 搁浅，给亚历山大·勃洛克

你总会在烈酒辛酸的微动中
饮出灵魂苦涩的真理，它带来
迷醉的幻梦，和一场被忘却的
秘密造访，走在熟悉的路上
你记忆里珍藏的香炉，如同
情人暗淡的眼光，总会在奔忙的
时光里燃尽，涅瓦湖水已经封冻
而一切仍将照旧，黑夜，竖琴
星光和墓园，像生活搁浅的
帆船，看不到今夜
也无所谓来日

# 流亡者，给安德烈·别雷

在麦地里，把星火再次点燃吧
星空之下，就是金色的峰峦
伸向故国的远方，而峰峦后面
就是俄罗斯母亲——
被世界遗忘的家园

夜晚来临之后，你颤栗在
时间呼啸的洪流中，等待
星光的灌注，你写下
金羊毛古老的秘密，抑郁
和忧伤的爱情，而爱情
始终如云朵，飘浮在麦地
寒冷的气息中

# 召唤，给斯奈德

日出之前，面对恶魔的咒语
你总能保有超脱的能量
在蓝色的夜里，写出坦诚
与妄想，魔法与禅修，大地上
潮湿的曼陀罗和阿勒格尼的雨

你写出一个成功的物种
总要脚踏大地，保留一双
看清荒野的眼睛，才能
避免被自身反噬的命运
那些亘古自在的河岸
并不因朝向顶级的律法
而改变自身的音韵和疤痕

正如土狼绿松石般的
眼睛，或词语，这来自荒野的召唤
如轻灵的风吹拂在我们内心
像极了
一首诗的结尾

## 冥想，给玛丽安·摩尔

绿草之上，残存古老的法则

每首诗歌，总有一个位置

是留给真实的，比如玄学的字面主义者

向黑暗直陈的，点亮的冥想

比如，今夜树螽的翅膀与紫薇

必将凭借一颗星星而臻于完美：并且

永远在颤动

# 谣曲，给翁贝托·萨巴

虽然，黄昏中
没有愉快的和弦
我也和你再次产生
隐约的共鸣

记忆犹如谣曲，我们
相似的梦境，那平凡的岁月
仿佛一场幽僻的积雪
把内心的山峦拥抱

# 终结，给皮扎尼克

你在伤口的位置诉说沉默
阿莱杭德娜，每个夜晚的恐惧
与尖叫，换一个角度望去
都是词语欲望的投影
而在黑夜胆怯的歌声里
我们之于诗歌的许诺，仿佛
繁花背后破碎的回忆
埋伏在残余的天真里
成为最后的启示。那些
我们呼祈回来的瞬间
依旧落满尘埃，像一个
音符，堕进时间的深渊
从此不再醒来

# 颂歌，给圣·琼·佩斯

伟大的诗行献给暮色，也献给
前行中的世纪，你期待着——
"诸神从石英中醒来"
今夜，人类敞开的睡眠
与卑微的冥想，将比
一次鸟的飞行，更加辽阔
仿佛你那些永不消失的
梦境：
罂粟的种子，所罗门的孔雀
众神的血液与被命运踩踏的
门槛，面对无数的指责与猜忌
我们都未在阴云的重负下
低下头颅，像一只赤裸的鸟
栖息在时空之中——只是为了
在离去的时候，把记忆留在
寂静的风中

# 惊呼，给帕特里克·雷恩

你看见一只鸟
撞倒在窗前
就像一个词语
躲进了暗喻

我们都没有学会
把生活变成　鸟鸣一样
自由的元素
只能用梦想中的
歌吟，去应对命运
决绝的洪流

而当年，那头
被你射杀的母鹿
至今仍能听见
你体内的
一声惊呼

# 沉默诗学，给艾基

雪中
有诗
有反复吟唱的战栗
和柔情，雪中也有黑暗
思想无法收割的地方
死亡也变得越来越远

而比死亡更加深远的
是我们灵魂深处的
恐惧，在夜半时分
——濒临荒野
丝质的陷阱——

更多的荒野
穿过沉睡的你，不发一言

# 冥想，给弗兰克·奥哈拉

那个穿着工装裤的男人
在纽约的边界，像一个
顽皮的词语，躲在明信片
经验主义的绘画里
寻找绿意。今夜的月光
如爱人柔情的注视
跌落在潮湿的林间空地
而令人气馁的谎言
从未让你耿耿于怀
你想在战栗中继续冥想
但并不想进入灰烬中的
黑暗地带，即使
你赤裸的肩上
落满了灰尘

# 赞歌，给埃利蒂斯

像一枚悬在空中的利剑
你认出了灵魂的线条

命运对我们究竟意味着什么
是否还会有更多的残酷
和荒谬，塑造受难的面孔

那些理所当然应该赞美的
不只是智慧、群山和阴影里油灯的火焰
还有恐惧和血液，未被遗忘的战友

一些人，和另一些人
齐唱生命的赞歌，各自走在
这渺小又伟大的世界里

# 旅途，给翁加雷蒂

这是一条不存在的道路
如亚历山大城漆黑的夜晚
令人沮丧不堪，当枝丫上的
鸟群升起，你已准备停当
即将重新开始的旅途

那犹豫的空气里苦涩的和弦
在衰微的黄昏，暗自哀泣的
斑鸠，已于中途惊惶四散

而梦中爆裂的麦粒，将为你
指出一条正义的辙迹，抑或
在夜晚，星星沉默的阴影里

# 等待，给安娜·布兰迪亚娜

来谈谈海上的这轮明月吧
布满玻璃碎片的海滩
在你的足印里，放进月光
死亡的语言，作为一个
在梦幻世界的底座睡觉的人
你从未想过与自己的目光
和解，也从未希望自己的肉身
像石榴一样，找到足够的泥土
发芽，你从未梦见词语坠落
你只想闭上眼睛等待，飘落的
时间，掩埋月光下的村庄
和母亲的坟墓

## 消融，给瓦雷里

你的诗句始终照亮在璀璨的
星光下，而你更希望用
暮色的吟唱，将其熄灭和消融：
忠实的海风，晨雾中的天鹅
初冬时节迎着天光的梧桐
常常让人心荡神驰的月魂花魄
在金色晚霞中嬉戏的时光，以及
那通往海滨墓园，神圣的
词语之路，让你在丰盈的
灵魂的歌唱里，在光阴
与天穹之间，碎成万点星雨的
命运女神

# 静默，给纪伯伦

忘记自己的身世之后
去往别处吧，带着你的竖琴和刀剑
做个人群中的游子或隐居的先知
在生命的暮年，把自己藏匿在
黑暗的幔帐中，不是为了
追踪湖畔霖雨的涕泪
也不是为了窥探夜色死亡的奥秘
总是这样吧，生命在口腔中颤动
我们却要保持缄默，在拿撒勒
金凤花的根须已遭杀戮
而闪耀的星辰永远不动声色

# 错觉，给西蒙娜·薇依

你离开家乡很远了，但是没有
开花的果树和星辰之间的距离

更为久远，站在洛林的葡萄树下
你看见被双眼玷污的白昼
那是否也是一种错觉，就像
用盲人的手杖和久别重逢的友人

握手，当你发现宇宙的意义和
劳动的奥秘，万物便有了关联
——在光与重力之间，在盖吉兹指环
和路易十四的微笑之间——

而我们必须把恩典藏在体内
躲避肺病和饥饿，也躲避
尘世的伪善

# 死亡赋格，给保罗·策兰

你终于在语言的栅栏之外
在词语跌落之处，赶上了隐喻风暴

浩瀚的星空下，愿你能够再次咏叹
时间与黑暗的死亡赋格

愿你能继续以时间之眼眺望
巴黎的天空，瓮中的骨灰，以及
罂粟与记忆的血色花冠

你把尚未说出的游移之词
刻上黑夜的秩序，如同
斧头开花时那伟大的倾听

# 圣徒，给索雷斯库

夜晚是否真的有令人目眩的
高度？但蒙上眼睛之后
太阳已经不再落山，你用
一首十四行诗切割静脉
一种古老的感觉——
像音乐在血液里流动——现在
风琴和枝形吊灯同样令人不安

骑马的圣徒，为山峦和河流
重新点燃了月光，而此时
你已戴着死亡面具，踏上
蛛丝的天梯

## 阴影，给 W.S. 默温

当你在无法追忆的某一时刻
从夜行的词语中，转过身来
我正倾听，就像从你手中接过银月
或另一片天空，你无法想像
阴影会在琴键纤细的沟谷之下
相互交谈，或在九月的星群里
囤积不为人知的奇迹
但这并不表明前世的记忆
和传说，会变成另一个世纪的回音
与沙土细密的皱纹
此刻，它们来到我的手中——
彗星般的文字，拖着长长的岁月
比我的睡眠更加久远
我从一棵白蜡树走向一朵海浪
却无法到达那些陈旧的音节
无法抵达燕鸥飞走后，追踪者留下的
苍白与孤寂

# 迟缓者，读勒内·夏尔

1

关于雷电，关于辟邪之夜
关于屋檐下童年的传说
那些你未迷恋过的
其实，从来不曾发生
你把赌注押给笔下的诗篇
流血的爱情，也押给
苍白的肉身，以崇高的迟缓
锻造火焰里的吻
你说，乌鸦又飞回来了
就像黑夜的封裹
带走你哭泣的光亮，却并非
为了将我们藏匿


2

那让先驱者一直沉睡的
不是一场针对十月的审判
而是倒回葡萄藤的人间食粮
是生命的强颜欢笑

45

"回来，是为了离开"
为了在退缩中，向我们
袒露他所有的经脉，当你
把无法修复的创伤暴露在
风霜雨雪中，总是有被雨水
和夜晚共同吞没的真相
在阿尔比恩废墟阴暗的
背面，在我们不经意之间
完成在黑麦草
艰难的书写中


3

其实你更在意他们
风暴的底色，但拒绝交出
在生命终期，你经常将
消逝的火焰当成衰退的目光


而死亡并不是时间的缺席
不过是失踪在吹硬翅膀的风中
一生中最后的诗节，都被祭坛前
疲惫的肉体和词语的睡梦
私藏于记忆，永无尽期

# 醉梦，给格雷戈里·柯索

1

与其说你是个诗人，不如说
你更像现实中的醉梦人
身无分文，蜷缩在门道边
像无穷无尽的病痛
也会站在窗前微笑
以为自己就是上帝，拥有
与生俱来的智慧或无知
就像看一部默片——你从礼帽里
变出欢笑，和全纽约的小鸟
在与声音赛跑的途中
各自散去，或达到诗歌

2

正如你写过的：
"雪下面的雪是最白的雪"
而我看到的，却是冰冷陈旧的
村庄，土狼栖居的山峰，还有
时间的虚垮之梦

只是灵魂的宣谕者啊，总是
用足了缪斯的致幻灵液
从词语的残灰中发掘剩余的薪光
你说那是诸神的琴弦和笛管
我却透过生活的裂缝，窥见
死亡的开幕式，在某种意义上
可悲的信仰，并不比鲜活的肉体
更值得赞美

# 对峙，给亨利·米肖

用最简单的魔法保护
乌尔岱斯人之后
被诅咒的羽毛终于可以
让自己的愤怒找到出口
在接近和渴望神圣的道路中
没有人能给你任何忠告
比如帝王蜘蛛
友好地靠近外来者
并不是为了保留
对峙中的妥协，比如七节昆虫
它们在黑夜的体内穿行
并不是为了
在危机四伏的焦虑中
汲取城市的养分

# 怀疑，给亨利·米肖

你是一个谨慎的男人
在独自面对肉身的战斗之后
忽然想到，上坡的攀爬与灵魂的
飞升，两者其实并无差别
比如你写到的翁弗勒尔的海堤
它的远景，恰似你幼时的涂鸦
比如你年近八旬，动作迟缓而局促
在自己空空荡荡的领地里
一意孤行，像一只
年老的鸬鹚

## 生日，给西尔维娅·普拉斯

在一个完美的生日，你吸入
失忆与叹息，为自己盖上
紫色的胎印
像风中一个滴落的音符
而你将要抵达的地方，真的没有
雷鸣与深渊吗？一个人
坐在黑暗淤积的壁炉旁
你从克里韦利的画中，听见
落日的啼哭，那月亮与紫杉
带着所有的温情
那十月的罂粟，便是
你丢弃在草丛里的微笑

## 人声，给阿莱克桑德雷

声音微弱，但足以致命
在血液渐渐平复的
阴影里，你读出书页里
唯一的词语，仿佛
一架沉默的竖琴
奏出生命的终结之歌
仿佛一个爱恋中的老人
独自经过，卷入了黄昏
最后的光线中

53

# 光，给博纳富瓦

手中紧握的词语，需要
多少心灵的流放
才被时间松开
我们剩余的人生
需要多少夜晚的允诺
才能收获光芒
这短暂的声音
地面上的锚链
正在释放深渊般的欲望
在语言的秘境里
地平线的国度，也仅仅
比足印高出一些

# 村居生活，读路易斯·格丽克

这是你写过的，夏天傍晚

月光的合金，你种植的雏菊

仍在田垄蔓延，已长成一整片

悲切的幻想

村居生活，有多少要倾吐的秘密

即便你用词语和嗓音

交换心的欲望，即便你在寒冷的光里

做出再一次的晨祷

一切已是最初的应答

一切也都是最后的恐惧

# 呼吸，致安德拉德

到了该返程的时候了
在你的内心，万物仍在歌唱
一滴哭泣的露珠和一棵折断的灯芯草
无需目光将它们拯救

而一个撕掉皮肤的人，只有
在词语中才能呼吸

就像当年，你坐在火焰的中心
在被语言窒息之前，埋头寻找
一个烧成灰烬的比喻

## 深渊，致埃德蒙·雅贝斯

那个夜晚的漫步者
从未想过惊动遥远的山色与星辰
也未试图诠释难以理解的万物和世界
如何隐藏在命运的字里行间
又重新返回生活的回忆中
他悄无声息地走进黑夜的深渊
犹如抵达虚空，那另一种形式的遗忘
又像一声疲惫的呻吟，在造物主的注视下
消逝在暮色孤单地远行中

# 爱，致萨拉蒙

你从未感到如此安全
呼吸在温柔的墓穴里
点燃，在乌尔比诺的庭院
白色的欲望刚刚平息
你即准备放弃，液化的大脑
和笔尖的运动，透支的晚年
如一道痉挛的闪电
惟有镜子里的金属，还记录着
钟的裙摆

# 词语，致拉莫斯·罗萨

有些词语似乎并不存在
比如由光芒与声响塑造的
宇宙的一个意志，比如一颗星辰
在暗黑中的呼吸，以及
它像听觉一样扩展的炽热
而我在一张和脉搏一样脆弱的
纸张上，忽然想到的是
当夜幕降临，我们如何
在热情之喉与欲望的旋转
之间，找到音节上的平衡？
就像一只甲虫，在生命之途
突然止步，对着一片枯叶
思考命运的走向

## 流亡，读保罗·策兰

在你看来，一个词语就是一具
等待被清洗的尸体，就是
在一张沉默之口中，
咀嚼灵魂的牙齿
今夜，平原上又落雨了
在这世界的小小角落，回荡着
德语的韵脚和呼吸
而我，更像一个流亡者
满怀对黑铁之寒的恐惧
在你的眼神深处——纵身
跃入生命
你也曾这样，带着自己沦落四方
迎风而卧，就像南布格河畔
母亲墓旁的一株垂柳

## 地图，致伊丽莎白·毕晓普

"每天都将失去一样东西"，就像
在你的诗歌词典里
一个比光更轻的词语，一颗上升的星辰
决心奔赴他乡
当你抵达圣图斯之前，地图
已被孤独填满，你是否又想起了
在历史或铭文里消逝的
玫瑰岩礁
无论家在何处，是否失去过什么
最美好的时辰
仅仅是在时间的口袋里
在你们钟爱的岛上，一起醒来

63

# 琴音，致特朗斯特罗姆

我在你的诗歌里读到了——教堂的
乐钟，置身于沼泽的蓬乱松树
在寂静如牧场的城市里
一群面无表情的人，但我更想在
你弹奏的琴音里，听到脉搏在
寂静中的跳动和森林里绿叶的抖颤
有人凭借记忆和想像
让梦变得透明
而世界真的像易碎的瓷器，时常
让我们暗暗心惊吗？
当我在你的手稿中读到药片
与死亡，忍耐与忧伤
窗外的阳光，便如时间的碎片
纷纷坠落

## 深渊，致爱伦·坡

这是子夜，花园里的月光
有着潮水的阴郁
我想起那镶饰湖心的珠宝
大多是散落于浊世的
星图，而"在玫瑰花仰起的
脸上"，我毕竟与你
有着同样无畏的雄心
比如冷月的清辉，对于辰星
仿佛也是一种深渊，比如
水的漫游，对于灵魂深处的涌动
仿佛滋蔓的野心，常常
从我们淡漠的凝望中
无声地消逝

# 黎明，致蒂斯代尔

闪耀的辰星早已离去
假如我已学会，用鲁特琴
弹奏出黄昏中画眉的
三种声调，我将送给你
多梦的海洋和曾经挂满
露珠的黎明

在这个月光般明晰的世界
阴郁的长春花尚未盛开
星星般的海鸥仍在风中飞翔
在苍老的世界内部
柔弱的灵魂和雨中的乞丐
同样无家可归，就像你写下的
关于爱情与死亡的诗行
在光彩的词句建造的庇护所里
为了度过蜿蜒岁月，而忽然
优雅地坠落

# 记忆，致哈特·克兰

在通往布鲁克林桥的海岸上
命运带着神圣的曲线
而那些歌唱
并追随命运的虔诚的诗人
既是断裂世界的溺亡者
也是将命运的声音送回源头的
寂静。今夜，"没有一颗星星，
与记忆无关"，记忆
如命运的祭坛，把那些
被放逐的伪装者相继埋葬
而你零落的诗行
仍旧是壮丽的，绝望的
像快要融化的信笺，也像
黄昏时再次落下的树叶
在它倾斜的诉说中，用天空的
苍郁，唤醒年轻的叶脉

# 告别，致塞萨尔·巴列霍

告别的时辰终于到了，死亡
不过是踮起脚尖，逃离自己的影子
我们不会为返回而哭泣，而每一个
巴黎的星期四都可以作证
你将不再如此孤单
在一切幸福结束之前，在未来的
废墟与穷人的愤怒之间，我走向你
用竖琴和标枪，为你刻下
火焰里熄灭的神谕
炽热的冰雪，蜂房里
毒蛇装饰的婚床
我为你记下清晨的星
呈现的奇迹，也记下
十字镐上的收获，那
冰冷的字母，看上去
更像卑微纸面上
被墨水洗净的尸体

69

## 冥想，致华莱士·史蒂文斯

看一只黑鸟究竟有多少种方式

就会有多少盏思想的烛火

点亮黑暗，之于一个枯坐在

秋天里的冥想者，无论

他能否说服自己，他的入睡或死去

都将赋予尘世更澄明的完美，在阴郁

或怜悯的眼神里，河流是宁静的

也可能有些杂乱无章，而它总是

在一首至高虚构的诗歌里

以同样的方式流淌

尽管略显干枯，但圣歌从未停止

就像那缠绕咽喉的藤蔓

从未消失

# 时光，致威廉·布莱克

那些天真的幻象

或枯萎的玫瑰

就像花园的教堂里

每日清扫的怜悯

与慈悲，在时光的脉络中

早晨的欢愉，并不比

黄昏的更加甜美

但时光如此纯净，也如此惶恐

宛如飞行在黑夜的风暴中

无形的飞虫

你说，微笑都不会笑得永久

其实悲伤也是，带着童稚的

歌声和诡计穿过天国

和人间的罪孽也是

# 尘烟，致西尔维娅·普拉斯

一个掉进草地里的
微笑，并非真的无法挽回
犹如蓄谋已久的死亡
并不与坠落的福音一致
在爱情的阴影里，或在玫瑰
黑色的陈述中，我们凝结的生活
不仅有狂暴的风景与谎言
也不仅有恒在其位的神祇
与星辰，而在阴湿的气息消逝之后
那密室里的表演还需要观众吗？
在胶着于铁蒺藜的陷阱里
你阴郁而倔强的尸骨，能否
重返父亲身边已不重要
譬如在风雨之秋的病房中
你为郁金香突然绽放的呼吸
不能自持，譬如你在无法隔绝的
俗世烦扰中反驳永恒，而那永恒
不过是一滴细雨溅起的尘烟

# 歌唱，致曼德尔斯塔姆

"诗歌是一张犁"，翻出

不容更改的词语

也翻出阴湿的时间和自由

我们都不再是孩子了

但仍想在灰烬中歌唱　在马背上歌唱

仍想对这个世界的空气和阳光

保持惊喜　一切多么美好

平原上没有恐惧

是的，那已经发生的

仍将继续发生　我们不得不和养蜂人

握手言好，不得不让

中年的阴郁和沮丧　像一滴

黄色树脂烧成的糖焦

在一支古老的歌曲中

渐渐融化

# 童话，致萨拉·基尔施

鲜花　　亲吻

星辰　　梦想

……

我们用这些动听的词语

建造了生活的城堡，但生活

似乎并未将我们收留

归根结底，书柜里的童话

都将被庸常的黑夜埋葬

而我们永远势单力薄

就像身着黑色僧衣的修士

怀抱永远的虔敬之心

在一曲曲哀歌里

记录下他们的赞美或诅咒

只是为了让自己

在贫乏的午餐后，还可以

自由地行走

# 归来，致摩温

当战争结束，死亡
隐身于黑暗的花园之中
当黎明前的鸣禽
背着橘色之光
从你的歌声中升起
我们是否依旧能够
在这片深厚的土地上
触摸年龄带来的馈赠
是否依旧能够
在生命浩瀚的阳光中
摆脱恐惧，并重返
语言的深渊

# 黑夜，致荷尔德林

比光更深邃的，是死亡
是守护我们的无尽的黑夜
而比死亡更晦暗的，是疯狂
是群山之上，诸神的隐遁

在坍塌的火焰中，我们
被微笑裹住的身体，拒绝死去
并企图飞跃夜的屋脊

哦，那颂歌中的白昼之光
正为悲伤所遮蔽，星光下
仿佛一场漫长的英雄之旅

# 独白，致戈特弗里德·贝恩

在时光之神的注视下
你站在世界废墟的碎石边
念出黑夜的独白
在这隐秘的语言里
群星来自更古老的仪式
仿佛照亮归途的
不只是盛开的火花，还有
射入虚空的谎言
仿佛这最后的旋律
模糊了织物般的寂静，也埋葬了
贫穷而沉默的生活
歌唱吧，你已年满七十
即便进入梦境的
永远只是少年

# 秘密，致索雷斯库

这是你紧握的秘密

九十九个动词

九十九种聚集的元素

隐藏的意义

仿佛每一次组合，就是为了

把美丽的细菌

投进沸腾的血液

把今天的灵感

幸福，心里的深渊和雾霭

放进你流畅的气息里

# 幻觉，致罗伯特·哈斯

在黎明晨星的微光中
那条通往京都与鹿群的
道路已无人踏足。而掠过海湾的
车灯，仍似落日一样孤独，你曾经
反复回忆的，那幅纯蓝颜色的
田野绘画，正彬彬有礼地笼罩我们
就像病重父亲的眼睛里
突然落降的平静。这正是
我们一起走过的道路
自此以后，无论世界如何苦痛
我们都会在镜中重逢，分享
诗歌与黑夜的馈赠

## 剪影，致巴克斯特

一个从未举起刀剑的人
能否破除上帝的屏障？
在我们散漫的脑海里
只有黯淡崇高的塔玛神
变幻莫测的气息，才能够
唤醒古老而迷乱的路径里
爬梯子的梦，只有神龛下的
慈悲，才能够让漆黑的夜里
柳树和荆棘之下的鸽群
在一只张开的手中筑巢

# 沉默，致辛波斯卡

那让我反复诵读的
并不是特洛伊塔楼上
微笑的少女或星辰的
精美秩序，也不是
漫游于生活之上的
变形的云朵，那来自
天堂高处的，倾斜的
一瞥。而是返回的
肋骨，河流里
一条鱼挑衅地飞行
"我触摸这个世界，
一个雕刻精美的画框"
是这样吧，那本应拥抱
我们的世界，总是
在你的静默中，带来
淫乱之城的愤怒回望
也带来预言家遗留在
火焰之后的惊恐
以及一个老派女人

朴素的坟墓里埋葬的

诗歌的荒谬

## 镜子，致萨罗西

有多少隐藏的镜像
就有多少古老而神秘的记忆
沿着帕米尔高原向我走来
或者离开，如果太阳西沉
语言的魔咒被拥抱破解
那些失去知觉的泳者
也将在茫然的沉醉中
被温柔的海风拯救，重新
唤醒指环上的星光
他们无助而又绝望的脸上
生长着孤零零的柔情与和解
就像这首臆想的诗句
一经唱出，即被遗忘

## 历史，致凯罗琳·福歇

每一个消逝的亡灵

都是幸存者，每一滴

流淌的鲜血，都将

再次沸腾，那些

被侵占的城，失去母亲的

孤儿，隐隐作痛的萨尔瓦多

从来都没有什么不同

从沉默的夜晚，到盛大的葬礼

"最坏的已成过去，最坏的仍未到来"

# 流亡，致扎加耶夫斯基

在这损毁的世界，诗人
必须继续流亡和冒险
只要古老的历史仍在召唤
我们走向生活，便仍然能够听见
吟游诗人的歌声，太阳西沉的
声音，以及玫瑰被记忆
埋葬的声音
在这充满阴影和期待的
世界，整个欧洲都沉入了酣眠
仿佛拂晓时被抛于岸边的
喃喃低语，因最后的夜潮
而重新返回自身的黑暗

# 玫瑰，致里尔克

这些看不见的芳香
血液里的咒语
这些永不熄灭的欲望
柔软的词
如从容不迫的死亡
缓慢的，夜里的雨
是的，"一朵玫瑰
就是所有的玫瑰"
就是留给自己的
最纯粹的宿命，最终
会将所有隐藏的哭泣
记述在
众神的哀歌里

## 碎片，致格林拜恩

废墟上
一只蚂蚁的叫喊
比柏林上空的飓风
更为惊心动魄
在夜晚的暴雪降临之前
世界依旧残缺不全，你说
那是拼凑的陶罐
而我更希望，它是一首
来自卡普里岛的哀歌
以魅惑的音色歌唱
吞咽万物的黑暗，也歌唱
梦幻般创世后的星辰

## 熄灭，致佩索阿

秋天将带走一切
带走道拉多雷斯大街融融的
暮色，也带走一个中年男人
沉默的童心
逝者如川，一切都从我们的
内心开始，也必将终结于内心
在伪装的爱情熄灭之后
在不会发送的信件焚毁之后
只有窗外温暖的流云
是平静的，如飘忽而过的
回忆与真相

# 月光，致赫贝特

那首关于月光与人间的诗歌
并未完成。你想描绘的
最质朴的感动，有时并非
像土地的味道一样清澈美妙
在天生的傲骨与鼓噪的群星之间
在洁白的月光与黑暗的恐惧之间
是两条永不相交的平行线
你在科吉托先生的教诲中入睡和醒来
重新审阅来自天堂的报告
终有一天，"所有的人都要见到上帝"
那里的记忆无比醇厚
那里没有归程

# 重生，致博纳富瓦

当万物停歇，你打开
暗礁或闪电的道路
在撕裂的土地上，蔓延的
血的边缘，深邃的雷声是一种启示
炉膛里的灰烬也是一种启示
在死亡的哭泣或笑声里，我们
对被驱逐的光与熄灭的
动词重新命名，让寒冷的肢体
最后的记忆，在古老的血液里
获得新生，并点亮
信仰的火焰

# 呼吸，致赫鲁伯

"用沉默填充空虚"，就是让我们的
灵魂始终保持凝重吗？
当水泥的思想试图穿透比水泥
更冰冷的黑暗，你的指尖上
便会绽放出另外一朵雏菊
它渴盼没有墙壁的呼吸和
透明的土壤，即便
通往内心的路会突然塌陷
像水面上的冰，也像童话里
丝绸的海滩与伯劳鸟
一起走向自己的消亡

## 醉歌，致米沃什

我们究竟要历经多少苦难

才能在生活的暗黑中

擎起一簇小小的火焰

是的，一辈子太少了

当你在晨雾的废墟中

重新找回神圣，当你

用醉汉的歌唱吹散

圣·扬主教堂瓦砾上的尘埃

啊，不幸的波兰

请赐予我词语的魔法，赐予我

一个真实的晚年

在这温暖的春日里

　"请接收我们

进入你最后的光荣"

第二辑

一切苦役人生

都飘若尘埃

# 壬寅中秋月夜读谢庄

把山顶逐渐冷却的

月光，再拨亮一点

再撒上一把

云间寥落的星辰

把它们烧铸成

案前神祇的玉璧

便不会被江濑边

哀雁的啼鸣

吵醒

# 辛丑孟秋读陆放翁

你用一生的砚墨来思念
蜀地的海棠和杜鹃，也是
为了对抗镜前霜满鬓蓬的
残年，大散关的铁马秋风
比雁阵横空的啼鸣，更加
令人心碎，而橹声里的斜阳
无需浓墨点缀，也能完成
对光阴隐晦的描述

我用了一个下午的时间
凝望你独立孤舟寂寞的背影
仿佛蛛网间漫漶的题诗
终会沦为茫茫时光里明灭的
暗尘

# 壬寅初春晴窗读庾子山

在寂寞人外的草庐间
静心养菊，并不能
掩饰早生的苍颜华发
和危急的人间湍流，唯有
用暮年一支凌云健笔
抵达迷人的汉语之光
才是这萧瑟平生
最好的慰藉

# 辛丑仲夏雨夜读王琪

江南的梅雨
飘落在宋朝的
沉舟侧畔，也飘落在
今夜书房的灯光里

望江南
凝望千古兴废
人间悲欢，也只是
徒增惆怅而已

唯有清夜一轮明月
仍保持千年不变的
纤素与淡泊

# 辛丑冬夜晴窗读叶梦得

你的晚年如同

一只孤雁，隐于

八声甘州的曲谱中

太湖旁的万卷藏书

藏着吞吐的云涛，此时

你忘不了的仍是

边马胡笳，骄兵南渡

的斑斑陈迹

卞山脚下的草芥

已日渐荒芜

而霜降时分的黄花

仍在诉说你鬓发双华的

千年感伤

# 辛丑冬月晴窗读张孝祥

读到你笔下

寒光亭外的沙鸥

孤舟满载的春色

与愁绪，忽然想到

你状元及第谈笑翰墨

与贫苦的童年之间

必然隔着无数的灯火

在你生命短暂的帷幕里

必有一樽浊酒

供你叩舷独啸

挥泪吟歌，露宿在

艰辛的宦海仕途

# 辛丑冬月夜读晏几道

一场宿醉之后
你笔下的江南烟雨
和谢桥上的杨花
变得更加隐晦了
渡头的青青杨柳为我们
带来春雨和叠韵
这首传世的词赋能够点燃
寒夜里的红烛，也能
点燃漫天的星辰，或者
绵长的时空

# 辛丑冬月夜读贺方回

在满城风絮里寻觅
闲愁或佳句，不如
在燕飞人静的院落
弹奏一曲旧谱，或许
我们都有过剑吼西风的
少年侠气，但我们终会
在词语的风骨中
与秋风中的浮萍
握手言和

# 辛丑初春夜读冯延巳

院子里归来的双燕
衔来一池新绿，也衔来
柳絮般的春愁
一盏残灯照彻流光细雨
细雨落后，还有去年离别时
的平林新月，我想把妆楼笙歌
写进踏枝的雀鸣送给你
但想来旧事难提，如今
你已两鬓斑白，却依然
怀抱着一壶病酒
凭栏独语，依然会在酒醒后
吟唱那肠断千载的
离情别句，就像一朵
天边飘荡的流云

# 辛丑深秋晨读吴梦窗

似乎还能看到

你西窗久坐

镜前的两鬓青霜，看到

你用无声的落絮

铺就的天涯羁旅

在这个秋天，东风

比残阳更加萧瑟，也比

归梦中的人情更为凄冷

在千年前的风雨江南

你说书中藏有相思

是花谢春空，落霞沉雁

也是枫落长桥

听不尽的凤箫悲咽

109

# 辛丑夏夜读刘克庄

在月光普照人间的
那个夜晚，你的目光
呈现歌赋般的凄美
总有那么多桥畔之泪
在西湖岸边的沉默里滴落
仿佛酒杯中的黄花
和浩荡万里的千崖秋色
俯瞰着蒙蒙雾气

# 辛丑除夕夜读陈与义

你是在兵乱流离的逃亡途中
写下这些的：春寒细雨下
独立的海棠，残更时分的
爆竹和涛声，比镜中的白发
更加令人心怯和伤感

你写下这些词语，会想起
山峦眠伏的积雪
是否会在光阴的诗卷里
提前泄露春风的信息
你还会想起一些更加遥远的
事物，诸如灵魂或来世，是否
正把自己内心的悲愤
隐藏了起来

# 辛丑端午雨夜读屈原

你的杯中，有宝璐
有香草明月，也有
斩不断血泪哀愁的
陆离长剑，需要接受
月光的滋润

世事维艰如此，且举
一壶浊酒，步马山皋
行咏徘徊——

故都越来越远了

今夜，我以虔诚之心
为你掬来一抔月光下的
沧浪之水
那词语淹没之处，仿佛传来
我们听不见的
整齐划一的
桨声

# 壬寅春月读宋玉

一曲歌赋，能够
描绘巫山神女的
天资绝色，也能包容
无数肃杀的岁暮穷秋
却难以言说，白露严霜下
报国无门的失意，和暮年的
情独私怀

此刻，我手捧诗卷
有风飒然而至，仿佛你
仍游于那云梦之台
为自己飘零的身世而
郁郁悲叹

# 庚子寒露读王右丞

那松林中的夜色
越来越萧索了，秋雨中的
钟声，也越来越疏远了
当北窗桃李之上的浮云
流进唯美的画卷
斑白的禅思，映照在
尘世的烛火中
我仿佛又看见故乡的
清泉危石，泉声里的月色
也随着空谷幽远的鸟鸣
一起涌进我游离的梦中

115

# 庚子中秋夜读杜工部

停留在草堂前的燕子
最终飞入古韵中的松林
如同山谷里一片枯黄的落叶
随秋风飘入山峻路绝处
寂寞的清池，如同
打马归来的将士，久行空巷
忽然涌出的热泪
读你的时候，窗外皎月当空
但我知道，一切苦役人生
都飘若尘埃
一切暮年之悲
都将在深秋的惆怅中
日渐衰息

# 庚子初秋读韩昌黎

轻如鸿毛的咫尺性命

就像星月掩映下

无根的浮云柳絮

明月仍是当年的明月

而你弹过的古琴，佩过的利剑

古意里的杏花

丛书于间的幽幽空堂

都早已幻化为浊水浮尘

也如南飞的鸣雁

在你低回的咏唱中

飞过山冈上的松柏

也飞过千年不灭的沄沄浪波

# 庚子中秋读李太白

瑶台上的秋风舞动的
一轮寒月，即是在大唐的风尘里
相邀共醉后的一声叹息
玉楼朱阁里的红颜，早已在古风霜寒中
凋敝，而长安的明月仍在
一如夜静无人时的群燕，沿着孤松
或银竹，悠然掠过镜彻的大地
仿佛世道纷乱，依旧让你悲心忡忡
仿佛芙蓉罗帐，金鞍骏马
依旧抵不过黄山碧溪边的琴音雀鸣
也抵不过你提剑江岸的半杯离愁

## 庚子中秋读李易安

那些穿过斜风细雨

与迢迢星河的万千心事

只是藤床纸帐上的

一场空梦吧，在清浅的河汉

与闲窗淡月之间

有多少飘落的黄花，就有多少

凋零的人生

当我手捧诗卷

聆听黄昏中的细雨和险韵，那些

凄怨的笛声就会突然响起，那些

比明月更多的寒意，就会悄无声息地

钻进我渐渐裹紧的薄衫中

第三辑

书页里的一片落叶

# 冬雪

这场落雪之后
寒冬便会渐渐隐退
就像山坡上被掩埋的荒草
我们曾在另一场雪景里
谈论岁月的气息，那时
你站在我的身边，看着
不远处一株枯黄的合欢
那时，黑暗慢慢铺散开来
仿佛你长发的余波
仿佛就在昨天的晚上

# 即景

我无法相信那些
源于时间的灰烬与空白
令人敬畏的力量
即将如秋风拂过遐想的瞬间
那些悲伤的，绝望的，沉默的
途中的人，在疼痛，在挣扎
在暮色中忽然
转过身去

# 木渎杂咏（组诗）

## 香溪河

夕光里，不必有逐梦的潮声
但须有悠悠琴音，有诗句上的
冷香，低飞过篱角黄昏
脉脉清寂的苔梅
须有年少浪迹走马章台的少年
俊游于斜阳巷陌之内
有芙蓉暗影，为舟上的白头行客
唤起旧时月下的诗思
橹影摇浪，那惊起的飞禽
也是不思归去的游子

## 山塘街

走在山塘街上
看桥、看水、看云
仿佛已在这里走了千年
这是初夏，烧灼的光辉

渐渐滋长了另一个身体
一个古人的影子和呼吸
我们如此相似
都曾在这条古街上行走
流动的阳光扬起烟尘
多好呵，让时光走得慢些
再慢些。总是这样，我会依然渴求
而一切终如梦幻
唯有树上的莺啼最为真实

## 西施桥

我可以对悄悄流过
夜晚的时光不动声色
却无法对落在西施桥上的
一片落叶无动于衷
香溪河畔，古镇的月色
越来越宽容了，像浣纱女神
婉美而恬淡的笑靥
也像玉炉内断续的乡愁
题于案前泪湿的纨扇
当然，还有桥边的老树苍苔
讲述世代相传的悲歌与恩仇

是啊，"家国兴亡自有时
吴人何苦怨西施"
一切随飘香的溪水流逝
才能使江南的风月越来越清澈
也让一个踽踽独行的中年过客
在夜色中寂然四望，并怦然心动


## 孙武苑

没有一种书写能够完整地呈现
一座山的秘密，也没有一种谋略
能够让一个隐士重返故土
因缘际会，当我走进苑内
茅蓬坞的南风吹来
公元前的厮杀声，密林深处
似乎仍然埋伏着万千将士
只有远处的太湖始终沉默着
怀抱朝雾与尘烟。远古的智慧
像一泓清泉从绝壁流下
我在竹筒里清洗双手
并非为了洗涤生命中的愚钝
如果整个世界让我无路可逃
我惟愿自己像一节诗行

经过无数次的折叠，隐匿在
自己有限而茫茫的余生里


## 宁邦寺①

钟声停了
你立下的不世战功和赫赫威名
都随金炉烛火化为佛前
一缕清香，就像寺中的黄叶
半开菊，或梁间燕
也只是天涯羁旅况味
黎明之后，你将不再厮杀于
浊世的尘土，也不再
把人生怅望成一缕炊烟
那些打窗的夜雨，亦如
旧时的巢燕，都是花笺纨扇
或残垣败壁上的一首题诗
譬如金戈铁马古往贤愚
譬如浮世利禄悠悠风尘
也不过是出离凡俗之后的
归来一笑

注①：宋代抗金名将韩世忠晚年曾在此寺剃发隐
居参禅。

# 造句

那些夜半醒来的
词语，和你手中
紧握的秘密
将在月光下，共同被投进
沸腾的血液里
那些在记忆中回放的
孤独和幸福
内心的深渊与雾霾
都将在黑暗中相逢
一切都会在漫长的
对抗与争辩后，与春天
一起化为你流畅的
气息

# 黄昏赋

麦地里，村庄的黄昏
与刚刚飞过的鸟雀仍有
一意孤行的默契

似乎霞光中
那个凭借欲望和墨水
赖以为生的人
和我有着一样的
深渊和宿命
他的道道伤口
都是需要沉思的主题

而时光总是
站在我的对面
赠我以色彩的奇迹，也赠我
诗歌里隐晦的人间神谕
或者一座山谷的废墟

# 站在舞台中央

用柔情纾解梦魇

无异于用善良反抗猎枪

在诗人的凝视中

悲戚的嗓音被抛弃在

蓝色的光柱里

像一个提醒，仿佛

我们都是生活的行凶者

和疑病症患者，然而

站在舞台中央

却酷似一位神祇

# 真相一种

在你的泪水中
我们接受了
彼此的和解
让生活重新获得
现实中的体温，这是
令人窒息的真相
也是唯一的
缓慢的救赎
恍如温煦的血管
被幽暗的奏鸣
击穿，在肉体的栖居地
疗治记忆的伤疤

# 秋风帖

月光中，总有我们难以描绘的
神秘，比如秋风触及的幽暗穹顶
幼小的心脏燃起玻璃的目光
和翅膀，并不缺乏敬畏和赞美
但让我们暗自羞惭的，不是肉体的
谢意和向往，而是造物者隐藏的圣迹
终将成为白色书页边缘浑浊的字迹

# 夜晚的失神

这是书的边缘发生的事情
一群失宠的词语忽然无比愤怒
副词、标点和黑色的标题
都停落在汉字的横线上
仿佛思想失去了方向和理智
而在你绽放的晕眩中
一颗闪现的叹号
正从你的眼中滴落

# 昙花笔记

一页词语能创造出什么？不过是
宇宙中最微渺的那一部分
如今，我已不再相信执着和勇气
但我仍然相信案头的这盆昙花
会在黑夜巨大的征服中
向我呈现稍瞬即逝的奇迹
而更多的命运已成为时间的碎片
更多的书写，复活在众人的目光中
就像此时，我坐在空寂的书房里
窗外鳞次栉比的星光
为黑暗之书点燃了标点

## 蛙鸣

雨后的田地里，此伏彼起的
蛙鸣，比一页失败的词语
更加令我不安
它们并不宛转的歌唱，让我相信
诗歌的律动和战栗般的生活
都是岁月可以擦拭的一个瞬间
而在愈加沉默的漆黑中，我也不必
为无法回避的深渊而焦虑
黎明将至，会有更加湛蓝的空气
向我呈现造物的荣耀

# 诗歌笔记

在夜晚的阅读中，应该向
每个词语都献上我们的敬意
感谢生命书写的漫漫长路
感谢漫漫长路中，与我们的
脚步融合的大地，而时间真的
能在声音的献祭中抹去一切吗？
在被字词吞没的残骸上
庞德展示了末日般的天堂
叶芝让我们知道，肉身
不过是时光十字架上的玫瑰
在沉默的月光合金映照下
我们都知道，夜晚的露珠
终将与漫天星辰一起消逝
而火焰草，正在苔藓基座上
以精准的序列编织诗篇

# 萧山路遇落日

在萧山路的拐角，我们谈起
眼前疾飞而过的鸟雀
它们是上帝在时间的阴影里
弹出的琴音，而在城市的落日里
有一首徘徊歧路的南山曲
总是让我在归途中
怅望出蹉跎的江海之心
以及在纷扰的尘世间
一种百年流水的幽情

# 时光

在脆弱的时光中，我宁愿是
一个喑哑的歌者

坐在命运的湍流里
疲惫地弹唱：天空与大地
收获和悲伤

而玫瑰是时光的笑容
让我在永恒的庇护中，完成
返回的航程

# 时光

我想和你说的，是流动的时光
被抛掷在起伏的沙砾上
一张泛黄的纸张。当记忆
随风飘远，只留下山坡上的
泥土和荒草，留下泥土
掩埋下永恒的离别和悲伤
我是否应该在生活的疲惫中
将自己拥抱，并停止歌唱
是否应该在生命的沉默中
进入暮年，执拗地凝视
星辰的方向

# 晨祷

把一个音符
锻制成帆船

把一粒种子
雕刻成花园

把一颗泪珠
打造成戒指

把我的罪孽
交付春日的河水
让它们流入海洋

# 村庄

像一首朴素的田园诗
二月的春光还未能融化
草场上的冬寒
在地里飞奔的野孩子
纷纷告别了荒草
像落叶诀别它们的母亲

我试图从一个词语进入
另一个词语，我需要
一片被风吹暖的水域
让一棵扁桃树
和一只岸边的云雀，体会
来自人间的善意

# 神迹

蓝天在静默中吟唱
白云在静默中吟唱，
大地在静默中吟唱，春天把风
披在肩上，山路上的五色经幡
飘舞着，在静默中吟唱

雪山在静默中吟唱
飞鸟在静默中吟唱，
鲜血在静默中吟唱，一生尽了
火焰里，完成最后一次善行
灵魂，在静默中吟唱

从今生走进来世，像病的痊愈
离散人间所有的悲苦

# 星空

一颗流星划过夜空

灿烂的目光开满枝头
二月，时光和弦
演奏青涩的岁月
你仍生动地站在那里
像一朵孤单的雏菊
在你身后，命运
尚未露出破绽

一颗流星划过夜空

# 往事

黄昏时刻又落雨了
忽然想起那年春天
你披着一条红色的围巾
在微风中，和我谈起
有关童年的往事
谈起快要成家的幸运的弟弟
和躺在野山坡上的母亲

你落在草丛里的目光
与那些阴影深处的花朵
并无多少相异之处
多年以后，我仍然能够听见
它们向栅栏外面
蔓延的欲望

# 书页里的一片落叶

相信一首诗歌

不如相信一片落叶

在它倾斜的诉说中，我曾读到

天空的苍郁和风的忧伤

这脆薄的躯体，一条流淌在

词语间的河流

在伟大的诗句中

独自度过蜿蜒的岁月

而世界也如一枚易碎的叶片

常常让我们暗暗心惊

在梦想重回大地之前

每个柔弱的灵魂都无家可归

当我在这本打开的诗集里

读到药片与死亡

孤独与绝望，窗外的月光

便如时间的碎片

纷纷坠落